Pour tous les papas

Marcus Pfister a illustré pour les Editions Nord-Sud les livres suivants:

Phil & Croc
Une étoile, cette nuit-là
Flocon et le lapin de Pâques
Flocon, le petit lapin des neiges
Flocon trouve un ami
Arc-en-ciel, le plus beau poisson des océans
Pit, le petit pingouin
Les nouveaux amis de Pit
Pit et Pat
Ohé Pit! Ohé!
Berceuses pour une nuit de lune
Carl, le castor
La chouette fatiguée
Saint Nicolas et le bûcheron
Le retour de Camomille
Les quatre bougies du petit berger
Le soleil et la lune
Ficelle, chien des rues

Marcus Pfister

Papa Pit et Tim

Texte français de Didier Debord

Editions Nord-Sud

Il a neigé toute la nuit et ce matin la banquise est entièrement recouverte d'une épaisse couche de neige. Mais quelles sont donc ces trois bosses, là, sous la neige? Soudain, l'une d'elles commence à bouger et papa Pit pointe le bout de son bec. Sans plus attendre, le petit Tim sort aussi la tête de la neige et regarde autour de lui, émerveillé.

– Bonjour Tim. Tu as bien dormi? Et si nous allions faire une petite promenade ce matin?

– Oh oui! s'écrie Tim en se secouant pour faire tomber la neige qui recouvre son plumage. Je n'avais encore jamais vu autant de neige!

– Eh bien allons-y, Tim. Laissons ta mère dormir encore un peu.

Pit passe devant, car il faut avoir de la force pour tracer le chemin dans la neige. Tim suit courageusement son papa, même si de temps en temps il s'enfonce jusqu'au bec dans la neige profonde.
Il neige de plus en plus fort et les gros flocons blancs tourbillonnent joyeusement autour de Pit et de Tim.

– Papa, regarde! crie Tim tout à coup.
Mais à peine Pit s'est-il retourné qu'une grosse boule blanche
passe en sifflant tout près de sa tête. Tim, caché derrière
un gros tas de boules de neige, bombarde son papa en riant.
Pit se défend comme un beau diable et c'est bientôt la plus belle
bataille de boules de neige qu'on ait jamais vu sur la banquise.
– On s'est bien amusé! s'exclame Tim encore tout essoufflé.
Son papa secoue la neige qui recouvre son plumage et
ils repartent en se dandinant dans la neige.

Ils arrivent bientôt au pied d'une petite falaise.
Pit l'escalade rapidement et continue son chemin.
Courageusement, Tim essaie de grimper. Mais elle est bien
haute cette falaise pour les petites pattes de Tim, et il
retombe sur son derrière dans la neige molle.
— Papa, aide-moi! Je n'y arriverai jamais tout seul!
Pit revient sur ses pas, se penche au-dessus de Tim et le tire
vigoureusement vers lui.
— Regarde ce que j'ai trouvé, Tim. Un traîneau abandonné!
Monte, je vais te tirer un peu.
Tim ne se le fait pas dire deux fois et saute joyeusement
sur le traîneau.
— Tiens-toi bien, Tim. Attention, c'est parti! s'écrie Pit en
s'élançant dans la neige.

Mais Tim entend bientôt de drôles de craquements et tout à
coup le traîneau se casse en deux. Pit s'arrête net et regarde
tout étonné Tim qui arrive en poussant l'arrière du traîneau.
Il comprend maintenant pourquoi il avait été abandonné
sur la banquise!
– Ce n'est pas bien grave, dit Pit. Et tu as pu te reposer un peu.
De toute façon, à partir de maintenant ça descend jusqu'à
la maison.

Tim et Pit sont en effet au sommet d'une colline.
– Regarde bien, Tim. Je vais glisser jusqu'en bas et tu n'auras
qu'à me suivre. En un clin d'œil nous serons arrivés à la maison.
Pit prend son élan, se jette sur le ventre et glisse à toute
vitesse vers le bas de la colline.
– A toi maintenant!
Mais le pauvre Tim roule maladroitement sur la pente,
il rebondit de creux en bosses, et quand il arrive près de Pit
il ressemble à une grosse boule de neige.
– Bonjour petit bonhomme de neige! Ce n'est pas si facile que
cela, on dirait! se moque gentiment Pit tout en le délivrant
de sa carapace de neige. Puis ils continuent leur promenade.

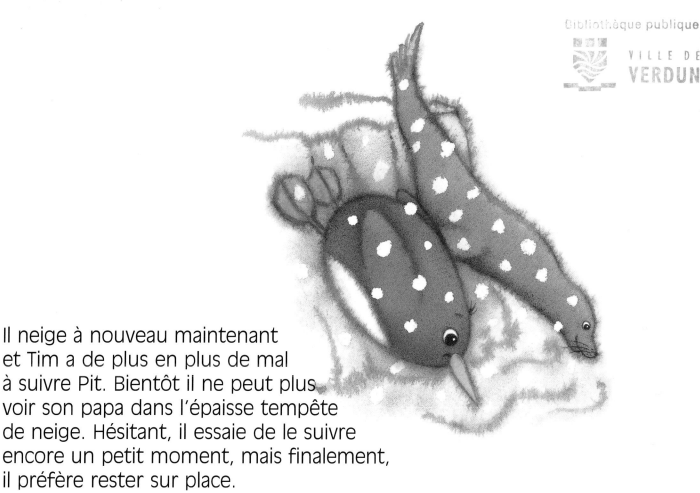

Il neige à nouveau maintenant
et Tim a de plus en plus de mal
à suivre Pit. Bientôt il ne peut plus
voir son papa dans l'épaisse tempête
de neige. Hésitant, il essaie de le suivre
encore un petit moment, mais finalement,
il préfère rester sur place.
Tim commence bientôt à disparaître sous une épaisse couche
de neige. Tout à coup, il voit pointer devant lui le museau
luisant d'une otarie.
– Bonjour petit pingouin! J'ai bien failli ne pas te voir sous ton
grand manteau blanc. Tu viens te baigner avec moi?
Et sans plus attendre tous les deux plongent tête la première
dans la mer.

– Je ne peux pas rester très longtemps, tu sais, explique Tim
à l'otarie. Je me suis perdu et mon papa m'a toujours dit: si tu
te perds sur la banquise, surtout reste bien là où tu es.
Je viendrai te chercher.
– Ah, je comprends maintenant pourquoi tu restais là, planté
dans la neige, répond l'otarie en riant.
Tim regarde avec émerveillement les otaries nager gracieuse-
ment entre les algues. Mais il faut vraiment qu'il s'en aille:
son papa doit le chercher partout.

De retour sur la banquise, Tim dit au revoir à sa camarade de jeu.
– A ta place, je monterais sur cette grosse pierre. Ton papa pourra te voir de plus loin, lui conseille l'otarie avant de disparaître dans la mer.
Et Tim attend à nouveau son papa, tout seul au beau milieu de la tempête de neige.

Pit a bien sûr remarqué qu'il a perdu son petit Tim et il
retourne aussitôt sur ses pas. Il grimpe en haut d'une colline
et crie de toutes ses forces:
– Tim! Où es-tu?
Et tout là-bas, quelque part au milieu de la tempête de neige,
il entend la petite voix de Tim qui répond:
– Papa, je suis là! Papa, viens me chercher!
Pit est soulagé d'avoir retrouvé Tim et il le serre tendrement
contre lui.
– Et si nous rentrions maintenant? Je crois que nous avons vu
assez de neige pour aujourd'hui!

– Oh oui, je suis tellement fatigué! Dis P'pa, tu me portes jusqu'à la maison?
– Mais bien sûr, mon petit vagabond.
Et Pit prend joyeusement le chemin de la maison, Tim bien calé sur ses épaules.
– Regarde Tim, la lune se lève.
Mais Tim ne répond pas. Il s'est endormi, bercé par le doux balancement des pas de son papa.

Maman Pat se réjouit de voir revenir les deux aventuriers.
Elle a trouvé une petite grotte bien douillette pour y passer la nuit.
Entre-temps, Tim s'est réveillé et il raconte à sa maman
les aventures de la journée.
Plus tard ils s'endorment, bien pelotonnés les uns contre
les autres, et Tim murmure avant de fermer les yeux:
– On a fait une longue promenade, hein P'pa!

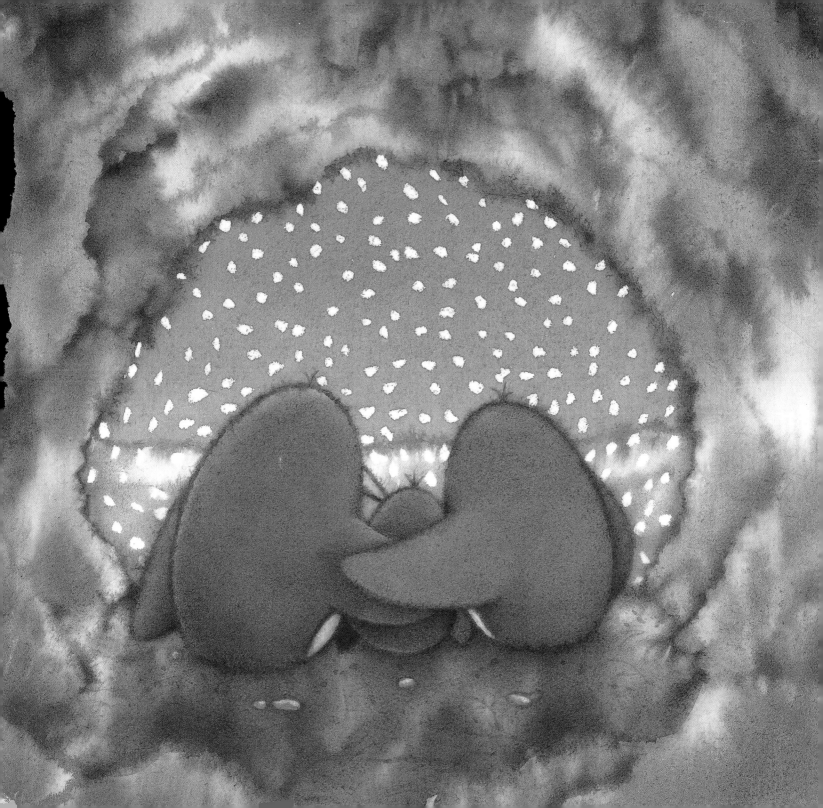